COLLECTION DE M. L. M.

FAÏENCES ITALIENNES

BELLES ARMES

TABLEAUX ANCIENS & MODERNES

DESSINS

EXPOSITIONS

PARTICULIÈRE	PUBLIQUE
Le Samedi 13 Avril 1872	*Le Dimanche 14 Avril 1872*

COMMISSAIRE-PRISEUR :

Me CHARLES PILLET, 10, rue de la Grange-Batelière.

EXPERTS :

M. CHARLES MANNHEIM,	M. FÉRAL, peintre,
7, rue Saint-Georges.	Rue de Buffault, 23

CATALOGUE

D'UNE BELLE COLLECTION

DE

FAÏENCES ITALIENNES

DES FABRIQUES DE

Gubbio, Urbino, Pesaro, Faënza, Caffagiollo, Siculo-arabe, Hispano-arabe, etc ;

FAIENCES DE PERSE

BELLES ARMES ET ARMURES DES XVIe ET XVIIe SIÈCLES
GLACE AVEC CADRE EN FER FORGÉ
OBJETS VARIÉS

Composant le Cabinet de M. L. M.

TABLEAUX ANCIENS ET MODERNES

Parmi lesquels on remarque des œuvres de Brascassat, Troyon, etc.

DONT LA VENTE AURA LIEU

HOTEL DROUOT, Salle N° 3

Les Lundi 15 et Mardi 16 Avril 1872.

A DEUX HEURES

Par le ministère de Me **CHARLES PILLET**, Commissaire-Priseur,
10, rue de la Grange-Batelière.

Assisté pour les Objets d'art : de M. **CHARLES MANNHEIM**, Expert,
7, rue St-Georges.

Et pour les Tableaux : de M. **FÉRAL**, Expert, 23, rue de Buffault.

Chez lesquels se trouve le présent Catalogue.

EXPOSITIONS { *PARTICULIÈRE : le Samedi* 13 *Avril* 1872
PUBLIQUE : le Dimanche 14 *Avril* 1872

CONDITIONS DE LA VENTE

Elle sera faite au comptant.

Les adjudicataires payeront *cinq pour cent* en sus des enchères.

L'exposition mettant le public à même de se rendre compte de l'état des objets, il ne sera admis aucune réclamation une fois l'adjudication prononcée.

Paris. — Typ. Pillet fils aîné, rue des Grands-Augustins, 5.

DÉSIGNATION DES OBJETS

FAIENCES ITALIENNES

1 — Fabrique de Gubbio. — Jolie coupe ronde à reflets métalliques mordorés et repoussée à bossages. Elle offre au centre deux mains enlacées en relief surmontées d'un cœur percé d'une flèche. Côtes en spirales au pourtour séparées par des fleurons. Elle porte au revers la date de 1531, et provient de la collection du prince Soltykoff. — Diam., 26 cent.

2 — Même fabrique.—Belle coupe ronde à décor à reflets métalliques rouges, mordorés et bleu nacré. Elle offre au centre le buste de saint François, et au pourtour des feuilles en relief séparées par des ornements. Belle qualité. Elle provient de la collection du prince Soltykoff. — Diam., 19 cent.

3 — Même fabrique. — Coupe ronde à décor à reflets métalliques rouge rubis, mordorés et bleu nacré. Au centre, deux mains enlacées, surmontées d'un olivier

autour duquel un serpent enroulé dévore un homme. Inscription : MART. IGNO.; feuilles et ornements en relief au pourtour. Belle qualité. Collection du prince Soltykoff. — Diam., 22 cent.

4 — Même fabrique. — Belle coupe ronde à décor à reflets métalliques rouges et mordorés. Au centre, figure de saint Jean debout dans un paysage. Au pourtour, cornes d'abondance et palmettes. Au revers, date de 1531. Collection Soltykoff. — Diam., 23 cent.

5 — Fabrique de Deruta. — Très-beau plat rond à décor à reflets métalliques mordorés et bleu nacré rehaussé de bleu, représentant le Jugement de Pâris. Belle qualité. Collection de Valdrôme. — Diam., 39 cent.

6 — Même fabrique. — Joli plat rond à décor à reflets métalliques rouge rubis, mordorés et bleu nacré très-brillants. Au centre de l'ombilic, la lettre N, et au pourtour, des ornements en spirale. Belle qualité. Cadre en bois sculpté, doré en partie. — Diam., 33 cent.

7 — Même fabrique — Vase à deux anses à décor à reflets métalliques mordorés rehaussés de bleu. Ornements au culot simulant des godrons en spirale; sur la gorge sphinx ailé d'un côté et de l'autre un dragon grotesque. — Haut., 28 cent.

8 — Même fabrique. — Broc à une anse et à panse surbaissée à décor à reflets mordorés et bleu nacré, dit à queue de paon. — Haut., 21 cent.

9 — Fabrique de Gubbio. — Très-beau plat forme dite *cuppa amatoria*, à décor à reflets métalliques rouge rubis, mordorés et bleu nacré. Il représente le sujet d'Enée portant son père Anchise et précédé du jeune Ascagne. Il porte au revers l'indication du sujet, ainsi que la date de 1539. Nous attribuons le décor de cette pièce au *maestro Giorgio*. — Diam., 26 cent.

10 — Même fabrique. — Belle coupe creuse à reflets métalliques. Hercule combattant les centaures. Date de 1536. Collection Toretelli de Spoletto. — Diam., 27 cent.

11 — Même fabrique. — Joli petit plat rond à décor à reflets métalliques mordorés et bleu nacré; cornes d'abondance, rinceaux, mascarons et ornements sur fond bleu. Il porte la date de 1535. — Diam., 25 cent.

12 — Fabrique de Deruta.—Joli petit plat rond à décor à reflets métalliques bleu nacré et mordoré. Au centre, buste de femme entouré d'un double rang d'ornements à bossages. — Diam., 26 cent.

13 — Même fabrique. — Petit plat rond à décor à reflets mordorés et bleu nacré. Au centre, une rosace entourée d'ornements feuillagés. — Diam., 24 cent.

14 — Fabrique de Pesaro. — Très-beau plat rond à décor à reflets mordorés et bleu nacré sur fond gros bleu. Buste de guerrier portant une coiffure orientale, tenant le sceptre et vêtu d'une cuirasse. Il est entouré de cornes

d'abondance et de rinceaux ornés de la plus grande élégance. Deux cartouches portent les lettres **BRE.** Cadre en bois sculpté doré en partie. — Diam., sans le cadre, 39 cent.

15 — Même fabrique. — Grand et beau plat rond à décor à reflets métalliques mordorés rehaussés de bleu. Au centre, saint François recevant les stigmates. Sur le marli ornements fleuronnés. — Diam., 40 cent.

16 — Même fabrique. — Autre beau plat rond, même sujet et décor à reflets mordorés et bleu nacré rehaussé de gros bleu. Le marli est décoré d'imbrications et d'ornements à palmettes. — Diam., 42 cent.

17 — Même fabrique. — Beau plat rond à décor à reflets métalliques mordorés et bleu nacré. Au centre, buste de femme. Au marli, imbrications et ornements.—Diam., 40 cent.

18 — Même fabrique. — Beau plat rond, décoré en couleurs sur fond blanc. Buste d'homme au centre et rinceaux au marli. — Diam., 40 cent.

19 — Fabrique siculo-arabe. — Très-beau bassin rond à décor à reflets métalliques mordorés et dessins bleus. Il est couvert d'arabesques et présente deux figures grossièrement dessinées se faisant pendant. Au revers, aigle héraldique et feuillages à reflets mordorés. — Diam., 46 cent.

20 — Fabrique hispano-mauresque. — Joli plat rond à ombilic saillant; décor à reflets métalliques mordorés à ornements et arabesques. — Diam., 38 cent.

21 — Même fabrique. — Plat rond analogue à celui qui précède, mais rehaussé de bleu. — Diam., 40 cent.

22 — Fabrique d'Urbino. — Jolie coupe ronde repoussée à côtes représentant le Triomphe de Vénus; belle composition de neuf figures. — Diam., 26 cent.

23 — Même fabrique. — Très-beau plat rond sur piédouche bas, décoré du sujet de la Destruction des filles de Niobé. Email très-brillant, composition de sept figures. — Diam., 28 cent.

24 — Même fabrique. — Petit plat rond représentant diverses scènes tirées de l'histoire de Léda. Au revers, l'indication du sujet. Collection Soltykoff. — Diam., 27 cent.

25 — Même fabrique. — Autre joli petit plat rond représentant le sujet de Diane découvrant la grossesse de Calisto; jolie composition de six figures. Collection Soltykoff. — Diam., 27 cent.

26 — Même fabrique. — Grand et beau plat rond, décoré de grotesques sur fond blanc et portant au centre de l'ombilic un écusson armorié. — Diam., 43 cent.

27 — Même fabrique. — Coupe ronde à côtes et sur piédouche décorée de grotesques et de camées sur fond blanc et offrant au centre une figure symbolique. — Diam., 27 cent.

28 — Même fabrique. — Deux jolis vases de forme ovoïde à une anse tête de satyre et à goulot droit. Ils sont décorés d'une figure de femme couronnée tenant un sceptre et de deux Amours dans un paysage. — Haut., 23 cent.

29 — Même fabrique. — Coupe ronde à contours et à bossages offrant des compartiments variés de nuances et décorés d'ornements à rinceaux en bleu et jaune d'ocre. Au centre, un enfant nu dans un paysage. — Diam., 25 cent.

30 — Même fabrique. — Coupe ronde analogue à celle qui précède. Celle-ci offre au centre une figure de Madeleine en prières. Elle provient de la collection Soltykoff. — Diam., 29 cent.

31 — Même fabrique. — Deux jolis vases ou cornets décorés d'ornements à mascarons et arabesques en camaïeu sur fond bleu et jaune alternés. L'un d'eux offre dans un médaillon ovale une tête casquée et l'autre un buste costumé à l'orientale portant le nom : Saladi. — Haut., 31 cent.

32 — Fabrique de Faënza. — Charmante petite coupe ronde portant au centre un écusson armorié soutenu

par deux génies ailés montés sur des dauphins et surmonté par une tête de chérubin et des cornes d'abondance. Le tout décoré en couleurs sur fond gros bleu. — Diam., 22 cent.

33 — Même fabrique. — Petit plat creux, forme dite *cuppa amatoria*, décoré au centre d'un écusson armorié sur fond bleu et offrant au pourtour ainsi que sur le marli des ornements en bleu et jaune d'ocre. — Diam., 22 cent.

34 — Même fabrique. — Plat rond décoré de la figure de David debout, vainqueur de Goliath, se détachant en couleurs sur fond gros bleu. — Diam., 35 cent.

35 — Même fabrique. — Joli petit plat fond bleu, décoré d'arabesques en grisaille bleue. Au centre, une armoirie surmontée d'une tête d'ange. Collection Toretelli de Spoletto. — Diam., 22 cent.

36 — Fabrique de Caffagiolo. — Joli petit plat rond, forme dite *cuppa amatoria*, décoré au centre d'un buste de femme sur fond blanc et au marli d'ornements et entrelacs. Au revers, feuillages en camaïeu bleu. — Diam., 25 cent.

37 — Même fabrique. — Petit plat rond analogue à celui qui précède et pouvant lui faire pendant. Le centre est occupé par une tête de guerrier casqué se détachant en couleurs sur fond gros bleu. — Diam., 25 cent.

38 — Même fabrique. Grand plat rond offrant le sujet d'Actéon changé en cerf. Composition de sept figures. Le revers, décoré de feuillages en camaïeu bleu, porte la date de 1542. — Diam., 40 cent.

39 — Fabrique de Forli. — Belle coupe ronde repoussée à bossages en spirale, décor à compartiments variés de nuances et rehaussés d'ornements en camaïeu bleu. L'ombilic offre une figure de sybille debout dans un paysage. Émail très-brillant. — Diam., 29 cent.

FAIENCES DE PERSE

40 — Beau broc de forme droite à une anse carrée, décoré de longues feuilles et de fleurs enlacées, émaillées de belles couleurs bleu, rouge et vert. Belle qualité. — Haut., 24 cent.

41 — Beau plat rond décoré de branches d'œillets et d'ornements émaillés en couleurs sur fond blanc. — Diam., 32 cent.

42 — Autre joli plat rond de décor analogue. — Diam., 28 cent.

43 — Deux autres plats ronds décorés de même, et qui seront vendus séparément. — Diam., 29 cent.

44 — Joli plat rond décoré d'une rosace à entrelacs réservés en blanc sur fond rouge et ornements décorés en camaïeu bleu. — Diam., 29 cent.

45 — Plat rond décoré de fleurs et offrant au centre une arabesque; le tout émaillé de belles couleurs sur fond blanc. — Diam., 31 cent.

ARMES EUROPÉENNES

46 — Belle demi-armure Louis XIII en fer noir cloutée de cuivre. Elle se compose d'une cuirasse avec pièce de renfort, des cuissards, des épaulières, colletin, casque à nasal et gantelet.

47 — Demi-armure en fer gravé, dite de Pise, décorée de bandes gravées à trophées d'armes, ornements et médaillons. XVIe siècle.

48 — Cuirasse complète et ses deux brassards en fer bleui rehaussé d'ornements gravés et dorés. Travail italien du XVIe siècle.

49 — Demi-armure en fer noir. Époque Louis XIII.

50 — Autre demi-armure en fer clouté de cuivre; casque à nasal, cuirasse et épaulières. Époque Louis XIII.

51 — Autre demi-armure Louis XIII en fer noir cloutée de cuivre.

52 — Casque de la fin du xve siècle à bombe cannelée et visière à museau.

53 — Heaume du xvie siècle à bombe unie et à crête portant sur ses deux faces des entrelacs et des figures gravés. Pièce intéressante.

54 — Casque du xvie siècle en fer gravé et doré.

55 — Salade du xve siècle en fer uni, bord à torsade.

56 — Casque du temps de Henri IV, à cannelures et à visière fermée.

57 — Casque de même époque, forme dite bourguignote, à oreilles, enrichi de bandes de cuir et étoiles dorées.

58 — Deux pièces : Casque du xvie siècle en mauvais état et calotte d'armes unie.

59 — Corselet du xvie siècle en acier poli clouté de cuivre.

60 — Autre corselet en fer poli. Même époque.

61 — Autre corselet en fer noir. Même époque.

62 — Cuirasse complète du xvie siècle en fer gravé à filets.

63 — Très-belle épée à corbeille et à collerette, décorée

de fleurs arabesques et d'oiseaux finement ciselés et repercés à jour. La contre-garde intérieure, la fusée et le pommeau sont de même travail. Quillons droits et garde à torsades. La lame porte sur un de ses côtés le nom : Toro Toledo. xvie siècle.

64 — Épée à double garde et à enroulements, enrichie de bustes et de coquilles ciselés, sur fond repercé à jour. La lame porte le nom Petrus in Toledo. xvie siècle.

65 — Épée à double garde et à quillons courbes en fer noir uni. xve siècle.

66 — Grande et belle épée à quadruple garde et longs quillons droits, entièrement ciselée à ondulations simulant des rubans. xvie siècle.

67 — Jolie dague main gauche à lame striée et repercée à jour, avec garde à quillons courbes et pommeau à pans. xvie siècle.

68 — Dague de même style en fer noir; la garde, les quillons et le pommeau sont ornés de boules taillées à pans. La lame est unie. xvie siècle.

69 — Miséricorde à lame triangulaire et à poignée en fer ciselé à dauphins et fleurs arabesques. Travail très-soigné du xvie siècle.

70 — Éperon en fer gravé et doré du xvie siècle. La molette est repercée à jour.

71 — Belle épée à garde à double branche, à coquilles et à quillons courbes, en fer gravé à ornements et doré. XVIe siècle.

72 — Epée analogue à celle qui précède, à pommeau plat ; même époque.

73 — Belle épée du XVIe siècle en fer noir gravé à ondulations, à double garde et quillons légèrement recourbés. Lame quadrangulaire. Cette pièce est accompagnée de ses porte-épée et ceinturon en velours noir garnis en fer gravé et d'une dague de même style.

74. — Belle épée de la fin du XVIe siècle en fer noir à quillons droits et garde à enroulements.

75 — Belle épée à large garde à double coquille à jour, quillons courbes et pommeau à pans. Fin du XVIe siècle.

76 — Epée d'arçon à garde en fer noir et quillons droits.

77 — Dague main gauche à garde repercée à jour.

78 — Dague à lame ouvrante et garde à coquille.

79 — Pertuisane en fer noir et hampe en bois.

80 — Fauchard en fer uni.

81 — Dague dite langue de bœuf.

82-83 — Deux épées du XVIe siècle ayant longtemps séjourné dans l'eau.

84 — Porte-épée en cuir avec garniture en fer gravé. XVIe siècle.

85 — Autre porte-épée en cuir découpé à jour sur fond de soie verte et garniture en fer doré. XVIe siècle.

86 — Autre porte-épée en cuir.

87. — Porte-épée en cuir piqué, garni d'ornements en cuivre ciselé et doré. XVIIe siècle.

88 — Cartouchière Louis XIV en maroquin rouge et baudrier brodé en fin.

89 — Couteau de chasse à poignée d'ivoire garnie en argent.

90 — Deux autres couteaux de chasse également montés en argent.

91 — Epée de cour du temps de Louis XVI à poignée en argent diamantée.

92 — Deux épées de duel.

93 — Trois sabres à poignées de cuivre du temps de la Restauration.

94 — Deux paires de pistolets.

95 — Pistolet Louis XV garni en cuivre doré.

ARMES ORIENTALES

96 — Beau sabre à lame courbe en damas portant de longues inscriptions incrustées et enrichies de pierreries. Travail ancien.

97 — Poignard à lame courbe en damas et poignée en jade blanc gravé à fleurs en relief. Travail indien.

98 — Beau brassard persan en damas, décoré de médaillons et de bandes en relief portant des inscriptions, des ornements et des lions damasquinés en or. La monture est en argent et le gantelet est garni de même. Travail très-curieux.

OBJETS VARIÉS

99 — Belle glace biseautée, avec cadre en fer forgé et ciselé, surmonté d'un riche fronton composé de fleurs et d'ornements rocaille entourant un écusson armorié surmonté d'une couronne de marquis. Travail remarquable du XVIIe siècle. — Haut., 1 m. 85 cent; larg., 1 m. 10 cent.

100 — Petit buste de femme en ivoire sculpté. Travail du XVIIIe siècle.

101 — Petite statuette de baigneuse en bronze, dans le style de Jean de Bologne, sur socle en marbre.

102 — Sonnette du XVIe siècle portant des fleurs de lis et la figure de la Vierge en relief.

103 — Deux très-petits bustes en bronze, tête casquée et tête de femme. Bonne patine brune.

104 — Manuscrit in-8° du XVe siècle sur vélin, enrichi de miniatures et de lettres ornées. Quelques feuillets manquent. Reliure du temps en veau gaufré.

105 — Obélisque en fer poli et découpé à jour, avec oiseaux et ornements gravés.

106 — Tapisserie du XVIe siècle, à figures et bordure.

TABLEAUX

ET

DESSINS

TABLEAUX MODERNES

BRASCASSAT

107 — Taureau attaqué par un chien.

Dans une prairie, auprès d'une mare, un superbe taureau au pelage noir, poursuit avec fureur un chien qui l'attaque; au second plan, trois vaches et quelques moutons paissent paisiblement ; on aperçoit vers le fond, à droite, le berger et quelques bestiaux.

Superbe tableau de l'artiste, signé Brascassat, 1838.

Toile. Haut., 80 cent.; larg., 100 cent.

CABAT

108 — Paysage.

Sur le devant, un étang sur le bord duquel est un canot et quelques canards; au second plan, une chaumière entourée d'arbres; à droite, des villageois et deux chevaux paissant dans une luxuriante prairie.

Toile. Haut., 52 cent.; larg., 72 cent.

COCK (CÉSAR DE)

109 — Vue d'une plaine du Brabant méridional.

Haut., 29 cent.; larg., 44 cent.

COURDOUAN (V.)

111 — Vue prise dans la rade du golfe Juan.

Haut., 32 cent.; larg., 55 cent.

DIAZ

110 — Basse-cour.

Bois. Haut., 00 cent.; larg., 00 cent.

DUPRÉ (LÉON-VICTOR)

112 — Bestiaux rentrant à l'écurie devant l'orage.

Haut., 40 cent.; larg., 32 cent.

DUVERGER

113 — La Soubrette coquette.

ISABEY (EUGÈNE)

114 — Un grain sur les côtes de Normandie.

Esquisse.

Toile. Haut., 52 cent.; larg., 76 cent.

LANOUE (HIPPOLYTE)

115 — Vue des marais de Versailles pendant l'automne.

Haut., 35 cent.; larg., 52 cent.

LAVIEILLE (EUGÈNE)

116 — Paysage d'hiver.

Vue d'une cour de ferme en Normandie.

Haut., 65 cent.; larg., 130 cent.

MOLINS (A. DE)

117 — Vue du moulin de Saint-Privat, près le pont du Gard.

Toile. Haut., 16 cent.; larg., 25 cent.

PORTAELS

118 — Syrien assis sur des rochers ayant à la main son chibouque.

Signé Portaels.

Toile. Haut., 95 cent.; larg., 78 cent.

RAY (A)

119 — Quatre paysages formant pendants :

L'Été.

L'Hiver.

L'Automne.

Le Printemps.

Haut., 64 cent.; larg., 98 cent.

SAINT-JEAN (d'après)

120 — Des pivoines, des roses trémières et autres fleurs dans un vase en terre cuite; une branche de framboises, une pêche et des figues, le tout posé sur une table.

Forme ovale. Haut., 90 cent.; larg., 70 cent.

SAINT-JEAN (d'après)

(PENDANT DU PRÉCÉDENT.)

121 — Des roses de plusieurs couleurs, des giroflées jaunes dans un vase, du raisin blanc et noir, des pêches, des prunes et des fraises, le tout posé sur une table.

Haut., 90 cent.; larg., 70 cent.

SCHEFFER (ARY)

122 — La Veuve du soldat.

Elle fuit dans la campagne, portant sur ses épaules le plus jeune de ses deux enfants.
Signé A. Scheffer, 1823.

Toile. Haut., 41 cent.; larg., 33 cent.

TROYON

123 — Pays plat avec vaches au repos dans une prairie coupée par un cours d'eau qui est traversée par un pont de bois.

Vente Troyon.

Toile. Haut., 57 cent.; larg., 78 cent.

VALLON DE VILLENEUVE

124 — La Toilette du matin.

Toile. Haut., 50 cent.; larg., 46 cent.

VERBOECKHOVEN (E.-J.)

125 — Une vache, un âne, une chèvre et un mouton près d'un tronc d'arbre; à droite, un petit berger.

Signé Verboeckhoven, 1824, à Gand.

Bois. Haut., 65 cent.; larg., 48 cent.

VEYRASSAT

126 — Berger et son chien; moutons au repos au second plan.

Signé Veyrassat, 1857.

VOILLEMOT (CH.)

127 — Nymphe au bord de la mer, visitée par l'Amour.

Signé Ch. Voillemot.

Toile. Haut., 34 cent.; larg., 24 cent.

ZIEM

128 — Paysans apportant dans une voiture des provisions au marché.

Signé Ziem.

Bois. Haut., 18 cent.; larg., 61 cent.

TABLEAUX ANCIENS

BARTHÉLEMY (JEAN-SIMON)

129 — Bacchante jouant des cymbales.

Elle est mollement étendue dans un paysage ayant près d'elle un petit Bacchus endormi.

Tableau gravé.

Toile. Haut., 32 cent.; larg., 40 cent.

BESCHAY

130 — La Vierge, assise dans un paysage, tient sur ses genoux l'enfant Jésus endormi, deux jeunes femmes et un cavalier sont auprès d'elle; à droite, des petits anges jouent avec un mouton.

Cuivre. Haut., 37 cent.; larg., 51 cent.

BESCHAY

(PENDANT DU PRÉCÉDENT.)

131 — L'Adoration des bergers.

Cuivre. Haut., 37 cent.; larg., 51 cent.

BONAVENTURE (PETERS)

132 — Marine par un temps d'orage.

Les vagues furieuses entraînant des bateaux de pêcheurs vont se briser contre des rochers qui sont sur la droite.

Signé du monogramme.

Bois. Haut., 41 cent.; larg., 55 cent.

BOURGUIGNON

133 — Bataille.

Mêlée furieuse entre cavaliers dans un pays plat entouré de forteresses.

Vigoureuse et énergique peinture.

Toile. Haut., 73 cent.; larg., 134 cent.

CHAMPAIGNE (PHILIPPE DE)

134 — Saint Gervais et saint Protais.

Ils apparaissent à saint Ambroise, archevêque de Milan, et lui révèlent le lieu où leurs corps sont inhumés.

Esquisse du tableau du musée du Louvre.

Toile. Haut., 50 cent.; larg., 92 cent.

COYPEL (Charles)

135 — La Vierge assise, auprès d'elle l'enfant Jésus couché dans son berceau ; plusieurs anges en adoration les entourent.

Signé Ch. Coypel.

Toile. Haut., 68 cent.; larg., 58 cent.

CUYP (Attribué à Albert)

136 — Marine.

C'est à la tombée de la nuit; le ciel, un peu nuageux, laisse passer les rayons de la lune mi-voilée, le premier plan marécageux, au centre, deux pêcheurs auprès de leur canot.

Signé du monogramme.

Bois. Haut., 46 cent.; larg., 63 cent.

CUYP (Attribué à G.)

137 — Portrait de femme.

Vue jusqu'à la ceinture, vêtement noir et collerette plissée.

Signé Cuyp et daté 1649.

Bois, forme ovale. Haut., 65 cent.; larg., 55 cent.

DAEL (Van)

138 — Fruits.

Du raisin blanc et noir, une pêche, des prunes, un ananas, posés sur une table de marbre.
Signé Van Daël, 1819.
Peint sur fond de marbre blanc.

Haut., 35 cent.; larg., 42 cent.

DANLOUX (Pierre)

139 — Jeune femme se disposant à accrocher un tableau au-dessus d'un canapé.

Elle est vêtue d'une robe blanche avec rubans violets à la ceinture.

Toile. Haut., 81 cent.; larg., 65 cent.

DANIEL DE VOLTERRE (Attribué à)

140 — Le Christ descendu de la Croix.

DIETRICH

141 — Les Plaisirs de la campagne.

Trois jeunes femmes, assises à l'ombre de quelques

arbres, causent avec deux cavaliers dont l'un est costumé en Gille; sur la droite, un jeune couple se promenant sur les bords d'une rivière, une chèvre, quelques moutons et un chien sont près d'eux.

Bois. Haut., 63 cent.; larg., 72 cent.

DOLCI (CARLO)

142 — Moine en prière, tenant une croix et une tête de mort.

DROLLING (MARTIN)

143 — Jeune femme, debout dans un jardin, tenant une lettre.

Elle porte un corsage noir décolleté et une jupe rouge.

Toile. Haut., 79 cent.; larg., 62 cent.

EVERDINGEN (ALDER VAN)

144 — Marine.

Le vent soufflant avec violence, rend la mer houleuse et secoue vivement des bateaux de pêcheurs qui ont leurs voiles déployées; dans le fond, une église.

Signé du monogramme.

Toile. Haut., 72 cent.; larg., 99 cent.

FERG (Paul)

145 — Paysage avec ruines et personnages.

GIORDANO (Lucas)

146 — Composition allégorique avec nombreuses figures.

Toile. Haut., 48 cent.; larg., 238 cent.

HELST (Attribué à Van der)

147 — Portrait d'homme, il est vu en pied.

Debout dans un paysage, tenant ses gants d'une main et son chapeau de l'autre; il porte un vêtement noir avec collerette à tuyaux; fond avec paysage et personnages.

Bois. Haut., 51 cent.; larg., 38 cent.

KONNICK (Salomon)

148 — Portrait d'homme.

Vu de face, regardant le spectateur; moustache blonde et toque sur la tête, les bras croisés et appuyés sur un meuble, vêtement noir.

Signé et daté 1642.

Bois. Haut., 92 cent.; larg., 68 cent.

LANEN (VAN DER)

149 — Deux jeunes femmes et trois cavaliers boivent ou causent réunis dans un intérieur ; sur la gauche, un sixième personnage arrive en dansant.

Bois. Haut., 45 cent.; larg., 63 cent.

LOUTERBOURG (Genre de)

150 — Paysage avec figures.

Toile. Haut., 32 cent.; larg., 40 cent.

MALLET

151 — Les Préparatifs pour la procession.

Une jeune mère a habillé son tout jeune enfant en petit saint Jean, il est vêtu d'une peau de mouton et tient une croix; une fillette plus âgée assiste à la toilette de son petit frère, elle de son côté paraît être en pénitente.

Fin tableau de l'artiste.

Toile. Haut., 22 cent.; larg., 18 cent.

MAGNASCO

152 — Paysage marine.

Effet d'orage avec pêcheurs au premier plan.

Toile. Haut., 91 cent.; larg., 132 cent.

MILLET (Francisque)

153 — Paysage; au centre, Diane partant pour la chasse.

Toile. Haut., 48 cent.; larg., 63 cent.

MIREVELT (Michel)

154 — Portrait de femme.

Elle porte un riche vêtement avec coiffure et collerette en mousseline plissée, elle tient ses gants à la main gauche et appuie la main droite sur une table couverte d'un tapis rouge; dans le fond, des armoiries et la date **1612.**

Bois. Haut., 103 cent.; larg., 71 cent.

RAVESTEIN

155 — Portrait de femme.

Vue jusqu'à la ceinture, coiffure avec guipure, collerette plissée.

Bois. Haut., 66 cent.; larg., 54 cent.

RIBÉRA (Guisepe de)

156 — Portrait d'homme.

Vu en buste, tête nue, figure de trois quarts tournée un peu vers la droite, barbe grise.

Toile. Haut., 54 cent.; larg., 47 cent.

RUBENS (Attribué à P.-P.)

157 — Portrait d'un vieillard.

En buste, tête nue et longue barbe blanche.

Bois. Haut., 58 cent.; larg., 48 cent.

SCHUTS (Corneille) et SEEGHERS (Gérard)

158 — Mascaron entouré de fleurs.

Au centre, la Vierge, l'enfant Jésus et le petit saint Jean.

Cuivre. Haut., 57 cent.; larg., 44 cent.

SCHUTS

(deux pendants)

159 — Paysage coupé par des cours d'eau et rochers surmontés de constructions en ruines; figures au premier plan.

TIELEN (Lodewick)

160 — Paysage avec cours d'eau ; au centre, un bouquet d'arbres ; à droite, des rochers ; sur le devant, des bergers chassent devant eux un troupeau de vaches, chèvres et moutons.

Toile. Haut., 100 cent.; larg., 110 cent.

TIEPOLO (Domenico)

161 — Vierge vue en buste drapée dans un manteau bleu, la main posée sur la poitrine.

Toile. Haut., 27 cent.; larg., 22 cent.

WOUVERMANS (d'après P.)

162 — Un camp.

Au premier plan, un soldat sonne le rappel, d'autres se disposent à partir.

Toile. Haut., 52 cent.; larg., 65 cent.

DESSINS

BOILLY (Louis)

163 — Jeune fille assise, tenant un chien épagneul sur ses genoux.

Devant elle une table sur laquelle se trouvent les préparatifs d'un déjeuner; à droite, différents ustensiles de cuisine.

Signé L. Boilly.

Haut., 49 cent.; larg., 39 cent.

BOILLY (Louis)

(PENDANT DU PRÉCÉDENT)

164 — Jeune fille assise devant une table, occupée à moudre du café.

CHARLET

165 — Napoléon Ier à cheval.

Aquarelle, signée Charlet.

Haut., 18 cent.; larg., 14 cent.

DELAROCHE (Paul)

166 — La renaissance.

Dessin au crayon noir rehaussé de blanc.
Étude pour l'hémicycle de l'École des Beaux-Arts.

Haut., 00 cent.; larg., 00 cent.

GALLAIT (Louis)

167 — Une Mère et ses deux enfants.

Mine de plomb rehaussée de blanc.
Signé L. Gallait. Paris, 20 avril 1843, minuit.

Hant., 26 cent.; larg., 20 cent.

VERNET (Horace)

168 — Arabe en voyage.

Sépia, signée Vernet. Alger, 1833.

Haut., 18 cent, ; larg., 15 cent.

www.ingramcontent.com/pod-product-compliance
Ingram Content Group UK Ltd.
Pitfield, Milton Keynes, MK11 3LW, UK
UKHW032014260826
14628UKWH00005B/2498

9 782329 418964